나는 너에게 별 하나 주고 싶다

김 창 완 시집

자유문고

책 머리에

두 번째 시집 '우리 오늘 살았다 말하자'를 낸 뒤 17년 만에 시집을 묶는다. 풋풋했던 감수성도 무디어졌고, 세상과 타협하며 살다 보니 세상을 보는 눈도 침침해져, 사실상 시를 쓸 수가 없었다.

IMF로 직장을 그만두고, 타의에 의한 자아 회귀의 시간을 갖게 되었고, 때마침 한국문예진흥원에서 준 창작 지원금을 받아 이 시집에 실은 대부분의 시를 썼다.

제1부에 모은 시들은 '별'을 주제로 쓴 것이다.

별이 가득한 하늘, 우주를 바라보면 지상의 부대낌이 부질없어 보이는 묘한 허무감이랄까 깨달음이랄까, 그런 생각이 들곤 했다. 현실에서의 탈출, 그 새로운 세계에 대한 동경으로 별을 택했는지도 모르겠다.

제5부에 모은 시들은 두 번째 시집 '우리 오늘 살았다 말하자'에서 내가 아끼는 시 몇 편을 골라 재수록한 것이다. 신작만으로 한 권의 시집을 묶기에는 양이 모자라서 그렇게 했다.

이 시집을 계기로 시를 많이 쓰게 될지, 여기서 그만두게 될지는 나도 알 수가 없다. 다만 억지로 쓰지는 않겠다. 써지면 자연스레 쓸 뿐이다. 그런 생각을 갖고 있을 뿐이다.

그러나 누가 알겠는가. 생각이란 수시로 변하는 구름 같은 것인 것을 ㅡ.

2000년 1월

김 창 완

3

차   례

제 I 부

그대 사는 별에는

나는 너에게 별 하나 주고 싶다

나는 너에게 별 하나 주고 싶다

서해 노을 속에 우리 둘의 집을 짓고

맨 먼저 찾아오는 그 별 너에게 주고 싶다

그대 썰물 되어 멀리 가 버리거나

밀물 되어 가슴 가득 차오르거나

홀섬으로 오롯이 하냥 그 자리

건너오라 건너오라 너를 부르며

새벽까지 기다리다 맨 나중 사라지는

그 별 하나 너에게 주고 싶다

별이 저렇게 아름다운 까닭은

별이 저렇게 아름다운 까닭은
아무도 다가갈 수 없는 거기
멀리 있기 때문입니다

별이 저렇게 아름다운 까닭은
아무도 들어갈 수 없는 거기
어둠 속에 있기 때문입니다

별이 저렇게 아름다운 까닭은
빛을 아끼고 아껴
꺼지지 않을 만큼만 남겨 놓은 때문입니다

별이 저렇게 아름다운 까닭은
사랑하는 사람아 그대에게 주고
또 주어도 남을 만큼 많기 때문입니다

별이 저렇게 아름다운 까닭은
눈부시지 않은 광채
무한으로 열린 가슴
천년이고 만년이고 바라보고픈
그대의 모습이기 때문입니다

별나라의 평화

어젯밤 별나라는 무사했는지요
은하수는 여전히 잘 흐르고
이름 없는 별들의 꿈은 좌절하지 않았는지요
그렇지만 혹시
혹시 분신한 별 하나 없었는지요
그 살별 다시 어둠이 되고
소문 없이 사라진 그 자리엔
아무 일도 없었던 듯 다른 별이 빛나고
이름 없는 별들은 여전히 이름 없고
삼등별은 여전히 희미하고
북두칠성은 여전히 일곱이겠지요?

우리는 어느 별에 함께 태어나

103광년 저쪽에 입실론이라 부르는
우리 태양계와 비슷한 별이 있다는데
그 별에는 내가 어느 전생에 사랑했던
소녀가 살고 있는지도 모릅니다

나는 103광년이 얼마나 아득히 먼 곳인가를
헤아릴 수가 없습니다
그래도 우리는 꿈속에서 자주자주 만나고
후생에서 다시 만나 함께 살 것을 기약합니다

아아 만나고 싶습니다
꿈속이 아닌 현실에서 만나고 싶습니다

타원형 오렌지빛 실루엣이
용광로 쇳물처럼 끓어오르고
오색찬란한 광채 내뿜으며
수평 수직 이동이 자유자재한
미확인 비행물체라도 타고 갈까요?

내 몇 생을 그대에게로 가고 또 가서
우리가 만난다 해도

나는 그대의 외계인이고
그대는 나의 외계인
이 우주 안에서 우리는 서로 외계인일 뿐

이 다음 우리의 어느 생에서
우리는 어느 별에 함께 태어나
외계인 아닌 사랑으로 만날 수 있겠습니까
그 곳이 비록 몇억 광년 머언
안드로메다에서라 한들
인연의 한 가닥 별빛이 닿아 있다면

어느 천문학자의 고백

나는 40년을 별과 함께 살았다
꿈과 전설로 전해지는 신비로운 별이 아니라
신비를 깨뜨리는 과학적 대상으로서의 별이다
그러나 나는 별처럼
내 인생 또한 신비로운 것이라고 믿는다
어쩌면 내 삶 자체가
우연과 신비의 합성물인지도 모르기 때문이다

나는 30년을 아내와 함께 살았다
정과 사랑으로 그리워하는 향그러운 꽃이 아니라
아름다움을 지워 가는 미움의 대상으로서의 여자이다
그러나 나는 아내처럼
내 삶 또한 아름다운 것이라고 믿는다
어쩌면 내 삶 자체가
다가오고 사라져 가는 인연의 고리에
끼었는지도 모르기 때문이다

별만 바라보며 평생을 살아온 천문학자도
죽으면 땅 속에 묻히리라
한 이불 속에 밤마다 묻히던
세상의 모든 내외들도
죽으면 땅 속에 묻히리라

별도 없고 사랑도 없는 그 곳에서
우리는 또 다른 무엇으로 부활할 것을 믿는다
그 때 우리는 천문학자가 아닌
내외가 아닌
금강석 같은 외로움의 차디찬 빛으로
스러지지 않을지도 모르기 때문이다

슬픈 별

슬픈 별은 푸르스름하다
망원경을 가진 사람들도 보아 주지 않는다
인생이 쓸쓸한 사람만이
그 별과 눈을 맞추고
쓸쓸한 사람하고만 눈을 맞추는
푸르스름한 별 하나
다른 별의 빛에 가려 잘 보이지 않거나
다른 별 뒤에 숨어서 나타나지 않지만
푸르스름한 빛 하나로
몇만 광년 거리 밖에 있음을 가르쳐 준다
눈물 젖은 눈으로 보면 더 잘 보이는
슬픈 별

무엇이 별이 되나요

마른 수수깡 사이로
콩잎 태우는 연기 사라지고
산그늘 늘어나 앞강 덮을 때
아이 부르는 엄마 목소리
들판 건너 하늘에서 별이 되도다

그 아이 자라 수수깡보다
목 하나는 더 높이 솟아올라
부르는 노래는 별이 되도다

잘 닦인 놋주발 같은 달이 떠서
늙은 어머니 어깨 너머로 기울더니
노래는 가서 돌아오지 않고
별만 살 속에 아프게 박혀

시멘트벽 짓찧는 저 사내 이마에
돋아나는 아픔은 별이 되고
눈물은 눈물 머금은 별이 되고
아름다운 이름들은 별이 되도다

그대 사는 별에는

그대 사는 별에는 유리의 성이 있고
유리의 성에는 장미 정원이 있고
장미 정원에는 은제 나이프 놓인 식탁이 있고
식탁 앞에는 반짝이는 눈빛의 그대가 있고

그대에게 가는 길엔 들찔레 피었고
붕붕붕붕
UFO 날고

수제비 그릇 속에 별이 빛나고

삼복에는 논둑도 벼포기 속에 숨어서
등받이 땀에 젖어 소금발 앉도록
내리쬐는 땡볕에 숨조차 컥컥 막혔었지

갈라진 논바닥엔 붕어떼 썩어 가고
볏잎은 도르르 말려 타들어 갔지

아버지는 영세민 취로 사업장에 나가
온종일 돌짐 흙짐 져나르시곤
구호 물자 밀가루 타 오셨지

커다란 무쇠솥에 물 가득 붓고
엄마는 아궁이에 불을 지폈지
미제 밀가루 차지게 반죽해서
한 도막씩 퐁당퐁당 떼어 넣었지

그 여름밤 우리 식구 마당에 멍석 깔고
수제비를 먹었지
멀건 국물 속에 별이 빠져 빛나고
식구들은 별을 건져 배를 채웠지

폐수 속에서도 별은 빛나고

공장 밖으로 빠져나가는 폐수에
별이 어리고
별은 썩은 물 속에서도 반짝 빛나고
이 공장 거쳐 간 언니와 친구 들
폐수처럼 썩은 몸 어디서 쉬나
죽은 풀 혼령처럼 흔들리면서
흐르는 폐수 속에서 별은 빛나고
썩은 누이의 몸에서는
무엇이 빛날까

가장 슬픈 별

다른 별에서 지구를 보면
지구도 별이니까 반짝일거야

지능 높은 포유동물의 한 종인
사람이 지구를 지배하듯

어느 별에선
지능 높은 새의 한 종이
지배하고 산다면

몇 겹 후생에서 나는
새의 남편이나 아내가 될거야

우리는 죽어서 미립자로 분해되고
다른 주검의 미립자와 만나
다른 생명체로 태어나거나

더러는 우주를 하염없이 떠돌다가
어느 별의 무엇으로 태어날거야

저 많은 별 중에
그 슬픈 별은 어느 별일까

서울의 별

사람들이 고향 버리고 서울로 서울로 올라온 뒤
별들도 하늘 버리고 서울로 서울로 내려온 것일까
고향 마을에는 집이 드물고 서울 하늘에는 별자리 성글다

하늘에서는 수평으로 살던 별들이
지상에서는 아파트 단지마다 수직으로 서서 살고
너도나도 살별떼가 되고 싶어서
화려한 소멸 아닌, 멈출 수 없는 질주만 하고 있다

이제 서울 사람들은 하늘을 보고 살지 않는다
별나라에 가고 싶은 꿈도 꾸지 않는다
별들이 사람 사는 나라에 와서 사는 시대에는
사람들은 허황한 꿈만 꾸고 뒤바뀐 꿈속에서 산다

천상의 별도 지상의 불빛도
아침이 오면 모두 사라지는데, 서울 사내들은
어둠 속에 구멍 뚫고 빛의 씨앗을 심는다 한다

인연의 별

분홍노루귀 봄눈 속에 피는 날

무슨 인연으로 네 향과 만났기에

우주의 어디에서 새 별이 태어나고

우리 서로 눈빛을 맞추었겠느냐

분홍노루귀만큼 부끄러운 우리

햇살에 봄눈 반짝 눈맞추는 찰나에 ……

봄 소식 하나

아득한 나라 어느 별에서
꽃잎 하나 하르르 지고 있기에
무한 공간이 흔들렸느냐
오늘 내 뺨에
미풍이 와서 입맞추는 것이냐

아득한 과거의 어느 길목에서
아득한 미래로 가는 어느 길목이냐
가로등 하나로 뜬 별이기에
오늘 뜰앞에
백목련 한 송이 피어나는 것이냐

눈 절로 감기는 저녁나절 햇살 아래
이제 우리가 옷 벗을 때다
촉루로 나란히 누운 내외들이여
흰나비 노랑나비 애벌레와 함께

고조할머니 무덤에 돋아나는
슬프도록 파름한 잔디 속잎이냐 새 쑥이냐
전생에 우리 살았던 어느 별나라에서
풍겨 오는 그 살냄새를 맡을 것이냐

저 많은 별 중에
우리 이 다음 가서 살 곳은
어느 별이기에

아카시아꽃

지난 밤 초롱눈 뜨고
내 꿈속 지켜보던 별들은
낮잠자러 지상으로 오나부다
은하계 뒤엉켜서 하얀 잠 자는
오월 한낮
우주선처럼 벌떼 웅웅거리고
이승에서 저승으로 이사 가는 영혼들이
춤추는 나비나비나비 속에
하르르 지는 꽃잎 하나 베고
내 별도 오월 한낮
낮잠을 자나부다

내 눈에는

내 눈에는 모든 것이 별로만 보인다
아카시아꽃도 사과밭의 사과도
너의 집 불빛도 별로만 보인다
내가 아닌 모든 것은 별로만 보인다
너와 나는 별처럼 아득한 거리
너무 멀다 너무 멀어
우리는 외로운 별이기에
차마 스러질 수 없는
아아 스러질 수 없는 작은 존재여

내가 별을 바라보는 까닭은

내가
초저녁 하늘의 별을 바라보는 까닭은
깃 찾는 새들의 꿈을 들여다보고 싶기 때문이다

하늘 나는 깃털로
하늘에서 쓸어 모아 온
하늘나라의 전설
작은 둥지 안에서 품은
무한 광대한 하늘나라의 꿈

내가
한밤중에 별을 바라보는 까닭은
별이 자꾸 많아지기 때문이다

새 한 마리 잠들면 별 하나 눈 뜨고
짐승 한 마리 잠들면 별 둘 눈 뜨고
풀꽃 한 송이 잠들면 별 셋 눈 뜨고

내가
새벽녘 하늘의 별을 바라보는 까닭은
별들이 어디로 가는지 알고 싶기 때문이다

뒷모습조차 보여 주지 않고
발소리조차 보여 주지 않고
별들은 어디론가 사라져 버리고

어둠 속으로 사라졌던 지상의 사물들은
꿈결인 듯
제자리로 돌아와 있고

별 똥 비

우주 밖 어느 별에
전쟁이 났나부다

전쟁도 멀리 보면
아름다운 불꽃놀이

몇 광년 머언 거기서
피난 가는 영혼들

낙엽 하나가

낙엽 하나가 어느 우주에선 듯
떨
어
져
내
리
더
니

늙은 손 호호 불어 내 손 감싸 주던
어머니 손 같은
바스라진 낙엽 하나가
어느 별에선 듯 여기 지구로
떨
어
져
내
려
·
·
·
·

제 2 부

밥상을 앞에 놓고

무엇이 되면 무엇하리

우리는 무엇이 되어 살고 있는가
지아비가 되고 지어미가 되고
그러고도 모자라서 무엇이 되려 하는가

사람만 무엇이 되려 하는 것은 아니다
무엇이 되면 무엇하랴만
너도 나도 무엇이 되려 한다
하필이면 강아지 되고 싶어 나도강아지풀 있고
여우콩 되고 싶어 나도여우콩 있다

나도밤나무 나도바람꽃 나도바랭이
나도은조롱 나도잔디 나도겨이삭
나도양지꽃 나도국수나무 나도하수오

무엇이 그렇게 되고 싶어서
너도 나도 끼여들려 하는가
가뭄에도 살아남고 겨울에도 살아남아
천대받으며 구박받으며 끼여들려 하는가

풀꽃의 이름

우리 나라 산에 들에
우거진 풀들은
이름 하나 못 가진
중생인 줄만 알았더니

개불알
쇠씹꽃
며느리밑씻개
그런 이름 가진 풀들이 있고

이름처럼 막돼먹어
산에 들에 퍼질러 살긴 살아도
장미 수선 백합보다
더 순결한 꽃도
피울 줄 안다네

베고니아
코스모스
아네모네
감미로운 꽃이름에 넋잃고 살아온
젊은날이 부끄러워 얼굴 붉히고

개불알
쇠씹꽃
며느리밑씻개
부를수록 힘솟는 이름 부르네
우리나라 산과 들이 자기 것인 양
차지하고 안 내놓는 이름 부르네

콩새가 울면

콩새가 울면 콩꽃이 피고
콩새가 울면 콩꽃이 지고
콩새가 울면 콩알이 여물었다

콩밭에 콩잎사귀 뒤덮일 때쯤
목타는 뙤약볕 천둥번개 소나기
어머니 등줄기 위로 지나가고
바랭이풀처럼 머리채 잡혀
어머니의 청춘도 뽑혀지고
콩새는 그러나 콩밭에서 울지 않았다

닳아서 얇아진 호미날만
마당가에 버려진 채 별빛에 빛나고
무덥고 무서운 여름밤
어머니의 한숨 너머 콩새 울음소리

호박을 아십니까

새순은 잘려서 된장찌개 되고요
어린 잎은 삶겨서 호박잎쌈 되고요
애호박은 지져서 호박전 되고요
청호박은 채쳐서 호박나물 되고요
늙은 호박 말려서 호박떡 되고요
호박씨는 볶아서 군입거리 되고요
호박꽃은 두고두고 놀림감 되고요

줄기는 남아서 앙상하게 남아서
이 겨울 눈보라에 돌담이 무너질까
돌담을 얼기설기 엮어 끌어안고 있고요

개 망 초

너의 고향 아메리카에서는 너를
뭐라고 불렀는지 알 수 없지만
너는 아메리카에서 건너온 귀화식물
육이오 때 씨뿌려진 혼혈아들처럼
육이오 때 미 군수물에 묻어 온 풀
그래서 너는 낯선 나라 계절에 낯설어서
남들 씨앗 거두는 가을에 싹을 틔우고
이듬해 여름 꽃피우는 엉거시과 월년초
누가 부르기 시작했는지 알 수 없지만
그래서 너의 이름은 개망초
개망나니처럼 사는 풀
새로 쌓은 둑도 남먼저 차지하고
놀리는 논밭도 남먼저 차지하고
자기가 마치 백의 민족 후손인 양
하얀 꽃을 마구 피워대는
이름조차 이 땅의 토종인 양 개망초라네

돌 담

돌담은 이쪽과 저쪽을 가르기 위해 있지만
이쪽 바람이 저쪽으로 스며들 수 없는 건 아니다
흔적 없는 바람뿐이겠는가
이쪽 호박넝쿨이 저쪽으로 넘어가
애호박 맺어 놓고 늙은호박 되기를 기다리기도 한다

돌담은 큰 돌과 큰 돌 사이에 작은 돌 끼여
큰 돌과 큰 돌을 못 움직이게 하고
위엣놈이 아랫놈을 억누르는 게 아니라
아랫놈이 위엣놈을 떠받치고 있어서
무너지지 않는다

제멋대로 생겨먹은 것들이 제자리에서
제몫을 다하니 돌담이 서 있고
돌담에 기대어
너도나도 버린 고향은 무너지지 않았다

돌담 뛰어넘어 도망가던 사람들의 소식도
돌담에 기대어 통곡하던 아낙들의 기다림도
화석이 되어 채곡채곡 쌓아올려진 돌담에
돌담에 기대어 내 떠돌이 삶도
쓰러지지 않고……

폐선이 있는 풍경

숨결 거친 날들은 썰물 따라 가고 없다
부드러운 개펄에 온몸 파묻고
이제 좀 쉬려 한다 일렁이던 파도여

고단한 생애 건져 올리던 그물도 찢어졌다
은비늘 싱싱한 젊은날은 누가 가져갔나
그물눈으로 빠져나간 바다는 어디갔나
어부여 굵은 팔뚝으로 무엇을 껴안았나

깃발 펄럭이던 희망
고기떼 쫓던 야망
파도 가르던 용기
부질없던 날들의 멀미여
부러진 돛대와 함께 잊고 싶다

삭아 내려앉은 용골 사이로
어미 잃은 아기게 놀다 가고
짝잃은 갈매기 한 마리
이물에 앉아 머언 수평선을 본다

개펄은 다만 부드럽고
다만 이렇게 쉬려 한다

거칠던 바람이여 덮쳐 오던 파도여

움직이지 않는 이물과 고물의 고요
부러진 노의 평화
그 한가운데 녹슨 닻을 아주 내리고

길이 다한 곳에

길이 다한 곳에 바다가 있었다
바다 가운데 섬이 있었다
그 섬에 길이 있었다

외로운 사람은 섬에 와서
작은 길이 다시 바다 앞에서
사라지는 까닭을 생각해 보라

스러져도 스러져도 파도는 다시 일고
파도가 하얗게 지워도 지워도
섬은 거기 있고

외로운 사람은 섬에 와서
별에게 가는 길을 만들어 보라
섬이 다한 곳엔 별이 있었다

늙은 어부의 죽음

평생 그물을 깁고
평생 노를 젓고
평생 수평선만 바라보고 살던
늙은 어부가 폐선처럼 쓰러졌다

바다에 나가 돌아오지 않는
많은 사람들을 만나려고
그는 파도 소리 들리는 곳에
묻히었다

젊은 과부, 늙어 꼬부라진 과부
과부들의 전송을 받으며
그는 용왕 만나러 가는 사신처럼
꽃상여 타고 갔다

평생 바다에 나가
평생 파도와 싸우고
평생 죽었다 살아 돌아온
전설 하나를
그는 이 섬에 남기고 갔다

한 낮 에

참 좋다
노스님은 잠시 걷던 길 멈추고
바위자락에 걸터앉으시며 말씀하셨다
너무 작아 노안으로는 잘 보이지 않는
패랭이꽃 두어 송이
잡초 틈에 숨어 피어 있는데

꽃은 식물의 성기이지요
젊은 식물학자가 단정적으로 말했다
성기를 한껏 세상에 드러내 놓고
스스로 부끄러워하는 것이 아니라
세상을 부끄러워하게 만들어 놓고
저 찬란한 햇살 아래
꽃송이는 흐드러졌는데

참 좋다
꽃 냄새도 좋고
꽃 찾아오는 나비춤도 좋고
노스님 하얀 눈썹 흔드는 바람도 좋고
산등성이 기어오르는 뭉게구름도 좋고
정말, 참 좋다

밥상을 앞에 놓고

아내가 시집올 때 가져온 은수저로
밥을 먹은 지 몇십 년째인가
내 머리카락이 인제는 은수저빛깔인데

따뜻한 한 그릇의 밥
밥 옆에 내외처럼 놓인 따끈한 국
밥그릇 국그릇 앞에 새끼들처럼 옹기종기 놓인
김치보시기 나물접시 간장종지 들

아하 그렇구나 밥상은 가정이구나
평생을 아내는 밥상을 차리고
우리는 밥상 앞에 둘러앉아서
한 그릇씩의 밥을 먹고 세월을 먹고

아하 그렇구나 나는 지금 살아 있구나
밥상 앞에 이렇게 앉아 있구나

아하 그렇구나 아내는 내 목숨이구나
따뜻한 밥이 따뜻한 피를 만드니
내 푸석한 살갗도 아직은 따뜻하구나

어깨야 나는 너에게

나는 너에게 너무 많은 죄를 지었다
내 천한 목숨 잇기 위해
너에게 벽돌짐 지우고
너에게 소금 가마 지우고

너에게 나의 식솔들을 지우고
너에게 나의 생애를 지웠다

늘그막에 찾아올 신경통을
나는 괴로워하겠지
나 죽으면 맨 먼저 썩어질
불쌍한 나의 어깨

그래도 불평하지 않는
신음하지 않는
거절하지 않는
항상 축 쳐져서 웅크리고 사는
어깨야 나는 너에게 너무 많은 죄를 지었다

안개야 너는 왜

안개야 너는 왜 내 머리 속에까지 들어와서
에라 엿 같은 세상 그렁저렁 살지 뭐
그런 생각이나 하게 만드냐

안개야 너는 왜 우리 집에까지 들어와서
당신 이 집 가장이오 하숙생이오
내 위치까지 애매하게 만드냐

시오리 학교길에 때도 없이 찾아와
산과 들과 마을을 훔쳐 가던
안개야 그 때부터 알아보았지
빈 도시락 소리 따라오던 그 때부터
너는 네 몸 속에서 방황했고
오늘도 눈뜬 장님이 되어 더듬거리며
앞 사람 뒤통수만 바라보고
안개가 먹어 버린 한강다리 건너간다

안개야 너는 왜 그렇게 눅눅하냐
안개야 너는 왜 그렇게 획일적이냐
안개야 너는 왜 그렇게 답답하냐
안개야 너는 왜 그렇게 막무가내냐

첫 사 랑

달빛 때문만은 아니었다
갯벌에 나뒹구는 달빛 때문만은 아니었다
바다조차 멀리 도망가 버린
갯벌로 드러난 내 가슴에
아아 온몸에 개펄을 묻힌 바람이 불고

소금 창고에 수북히 쌓인
하얀 소금 더미 속에 파묻힌
이 쓰린 가슴을 쪼고 또 쪼는
저 갈매기의 비상만은 아니었다

갈매기 날개에 스치는
바람 때문만은 아니었다
가슴 가득 밀려오는 밀물 위에
쏟아지는 달빛의 황홀한 황홀한
아픔 때문만은 아니었다
아아 내 늑골에 찰랑이며
바다는 차오르고

살다 보면

팔베개하고 풀밭에 누워
하늘에 떠 가는 구름을 본다
구름 타고 가는 손오공을 본다
구름 타고 가는 나를 본다
살다 보면 먹구름에 장대비
천둥 번개
시름도 한낱 구름 한 장 같은 것
에라 오늘은 모두 다 잊고
풀밭에 누워
하늘에 떠 가는 구름이나 볼까 봐

새벽 기차를 타고

산이 산으로 보이고
들이 들로 보이고
마을이 마을로 보이는

새벽에 기차는 출발했다

기차는 빛의 속도로 달려간다
마음보다 빠르게 달려간다
잠깬 산이 달려간다
잠깬 들판이 달려간다

왜 모두 달려갈까

나는 지금 어디로 달려가는가
새벽도 아침으로 달려가고
아침도 한낮으로 달려간다

기분 좋은 아침

출근하다
골목에서 응가하는 아이를 보았다
엉덩이는 길 쪽에 두고
눈은
쪽문 안에서 연탄 가는 엄마의 엉덩이에 두고
손에는 붕어빵 한 개 꼬옥 쥐고
응가하는 아이의
엉덩짝에 눈부신 햇살이 비치고
엊저녁 내 꿈보다 더 선명한 황금색 똥무더기
김까지 모락모락 나는 아름다운 저것

임신 중절약, 성병약, 현상 수배자
여공 구함, 그런 말들로 오염된
전봇대와 담모퉁이 돌아 나오면
골목은 끝나고
버스 바퀴에 깔려 길게 누워 있는
검은 아스팔트길과 만나지만
오늘은 일이 잘 풀릴 거라는
예감의 출근길

비 누

살을 닳려 살을 닳려
그대 손발의 때를 지우고

살을 닳려 살을 닳려
그대 얼굴의 그늘 지우고

살을 닳려 살을 닳려
미끄럽게 사는 법 가르쳐 드리오니

우리는 아침에 맨 먼저 만나
닳아지는 살로써 살을 비비고

일어나는 거품으로
꿈을 지우고

향기롭게 숨쉬고
부드럽게 사는 법 가르쳐 드리오니

냄새와 거품으로 사라지는 말씀도
가르쳐 드리오니

손 바 닥

먹고 살기 위해
상사 앞에서 손을 비볐다
내 손바닥은
종잇장처럼 얇아졌다

지난 추석날 성묘 가서
낫질 좀 했더니 손바닥이 부르텄다
너무 얇아서 너무 얇아서

이 얇은 손바닥으로
부하들의 뺨을 후려치고
책상을 치며 호령하고
사장님 말씀 뒤에 박수를 치고

작부들의 엉덩짝을 쓰다듬고
거짓으로 가득 찬
몇 줄의 시를 쓴다
파지처럼 구겨진 손바닥으로
엉키고 뒤엉킨 손금보다 더 복잡한
언어의 미궁을 만든다

제 3 부

그대의 눈물

분 꽃

어쩌면 좋은가
저녁 먹을 때면 피어나는
분꽃 옆에서
누이는 배고프다고 보채는데

어쩌면 좋은가
저녁 하늘에
분꽃 피듯 별들이 돋아나는데

누이야
네 까만 눈동자에는
초저녁 이슬이 맺히는데
분꽃씨 또르르 떨어지는데

어쩌면 좋은가
누이야 네 볼에 번지던 저녁놀이
분꽃씨 속으로 숨었는데

소 한

춥다
뒷산 부엉이가 말한다

춥다
헛간 새앙쥐가 말한다

춥다
새벽별이 말한다

어허 추워
논둑도 허옇게 얼어서 말이 없다

낙 화

저걸 어째 저걸 어째
지금,
누이의 사춘기가 무너지고 있네
가장 아름다운 색깔과
가장 향기로운 냄새로
가장 위태로운 허공에 지었던
환상이
지금,
지상으로 추락하고 있네
날아오르는 나비의 날개짓에
저걸 어째 저걸 어째
숨조차 못 쉬게 자꾸만
무너지고 있네

봄이로구나

낮에는
살아가는 것들이 죄짓느라 바쁘고
살아남은 것들의 허명 또한 어지러워라

밤에는
별이 벌떼처럼 뒤엉겨 꽃무리 짓고
온 동네 화냥기 묻은 소문으로 웅웅거리니

산다는 것은 축복인가 고통인가
해질녘
잔디싹 돋아나는 무덤가에서 생각한다

바람이여 때로 먼 산에 산불 질러 놓고
황사만리 몰고 오는 어지러운 시름이여
봄이로구나

봄비 오는 날

임방울 김소희 남도 창을 들어도
얼부푼 이 마음 녹지를 않네
아직도 증오로써 너를 본 탓이거든
후줄근히 젖어서 흔들려무나
죽어 지낸 실가지 휘어감는 노래로
눈 녹는 자리는 붕대에 밴 피무늬로
마음 바빠 나동그라지며 뛰어온 너희
온몸이 으깨어져 상처뿐인 꽃이여

그대의 눈물

그대가 흘린 뜨거운 눈물
따뜻한 강이 되어
내 핏줄 속을 흐르고
마침내 길 다한 바다에 닿는다면
좋아라 춤추는 파도를 보겠네
파도가 밀어 올리는 아침해와
저녁달을 보겠네
나의 눈물도 흐르고 흘러
그대의 핏줄 속을 강이 되어 흐른다면
따뜻한 강이 되어
마침내 길 다한 바다에 닿는다면

깊은 강처럼

그렇게 흘러갔습니다
그런데 이렇게 남아 있습니다

누군가가 건너갔습니다
그런데 아무런 흔적도 없습니다

지난 여름 장마에는
세상이 뒤집어지는 줄 알았습니다

싯누런 흙탕물이 소용돌이치더니
그런데 더 조용히 옛날처럼 있습니다

깊은 시름, 깊은 슬픔, 깊은 후회
다 깊은 강처럼 흘러갔으나

흘러갔으나 흐르지 않고
거기 그냥 그렇게 있습니다

튀어오르는 빗방울처럼

튀어오르는 빗방울처럼
잘게 부서져 큰 하나가 되리
하나 되어 산허리 휘어감고
하나 되어 저 들판 가득 채우고
바다에 이르기까지
끊어지지 않는 강이 되리

튀어오르는 빗방울처럼
잘게 부서져 큰 하나가 되리

폭 우

폭염 뒤엔 언제나 폭우가 따랐다
해질녘엔 하루살이떼 극성이고
선들바람이 미루나무 가지 흔들어 대고
매미는 자지러지게 울었다
저녁놀이 유난히 붉고
별자리가 흔들리고
구렁이가 울고
그러면 폭우가 따라왔다
논둑이 무너지고 돌담도 무너지고
어지럽게 흔들리던 나의 지난날도
휩쓸려 갔다
폭염 속에 땀 흘리며 땀 흘리며 키워 온
사랑 이야기도 영글기 전에
휩쓸려 갔다

빈 들에 뒹구는

빈 들에 뒹구는 건 심심한 바람뿐
줄 것 다 주고 맨몸으로 지쳐 누운
빈 들에 뒹구는 건 허망한 바람뿐

날마다 찾아와 짓밟고 쓰다듬던 사람들
모두 저희 집으로 돌아가 버리고
손 털고 허공에 날린 건 몇 낱의 검불뿐

빈 들에 뒹구는 건 바람난 개들뿐
바람처럼 내달리다 고꾸라져 뒹굴다
해질녘 개들도 마을로 돌아가고

빈 들에 혼자 맨가슴 하늘에 열고
별빛 흠뻑 받아들여 부활을 꿈꾸는
빈 들에 뒹구는 건 형체 없는 바람 소리뿐

꽃 속에는

꽃 속에는 나를 빨아들이는

블랙홀이 있다

넋을 빼앗고 심장을 빼앗고

천년 전 전설 속의 사랑 이야기가

부활하는 아침나절

절명해도 좋을 내 목숨

딱 한 방울의 이슬이 된다 해도

꽃 속에는 영원으로 이어지는

색깔이 있고 향기가 있고

블랙홀이 있다

입 춘

뭐라고?
어디 보자
우리 딸 청이라구?

흰눈 차일 걷어 버린
봉사 잔치 파장판에

아이고
내 딸 청이냐
뛰쳐나온 저 맨발

도라지꽃

슬픔이 지쳐서 잦아진 자리
도라지꽃 피었네

눈물로 닦은 하늘 왜 저리 아득한지
잦아진 색깔로 남은 자리

도라지꽃 피었네
그래, 그래, 네 마음 내 다 안다
소리는 죽이고 더 울어라

지는 꽃

지는 꽃을 보아라
향기는 흩어 모두에게 주고
색깔만 남겨 가져가는구나

지는 꽃을 보아라
울고 싶은 사람은 울게 하고
외로운 사람은 외롭게 하는구나

지는 꽃을 보아라
열일곱에 죽은 누이
교복에 붙어 있는 이름표가
하르르르
그 봄에 진 꽃이 올해도 지는구나

저것 봐

저것 봐
풀섶에 노루오줌꽃 피었네
암노루 풀섶에 숨어 오줌 쌌나봐
지린내도 향기롭게
노루는 오줌도 꽃이 되는데
내 말은 어째서 노래가 못 되는지
뱉으면 비수되어 네 가슴 긋는
내 말은 어째서 칼이 되는지

그럽시다

옛날 옛적에 늙은 과부가 살았더란다
유복자로 낳은 아들 하나
오냐오냐 떠받들어 키우며 살았더란다

그 아들 개똥이놈 나이 스물 다 되도록
아랫목에서 밥먹고 윗목 요강에 똥누고
문턱 베고 낮잠 자고
그렇게 게으름만 피웠더란다

이눔아 제발 일 좀 하그라
일해서 돈 벌어야 장가도 갈 거 아니여
늙은 어미 성화에
"그럽시다"
개똥이놈 사흘 동안 문 닫아 걸고
한발 두발 서발 새끼를 꼬았더란다

새끼 서발 팔러 장에 가는데
항아리장수 낮잠 자다 항아리 지게 건드려
항아리 지게 넘어지고
항아리가 그만 두 쪽으로 쪼개졌더란다
여보게 총각 그 새끼 나를 주게
쪼개진 항아리 묶어

물은 못 담아도 곡식은 담아 쓰게 해야겠네
"그럽시다"
개똥이놈 두말 않고 새끼 서발 건네주니
항아리장수 고맙다고 작은 물동이 하나 주더란다

개똥이놈 물동이 얻어 들고 장에 가는데
시집온 지 사흘 만에 물동이 깨뜨린 새댁이
어쩔거나 어쩔거나 우물가에서 울고 있더란다
여보소 저기 물동이 든 저 총각
그 물동이 날 주면
시집올 때 가져왔던 염소 한 마리 주리다
"그럽시다"
개똥이놈 물동이 주고 염소 얻어 장에 가는데

웬 늙은 할망구 손사레쳐 불러대며
여보게 저기 염소 끌고 가는 저 총각
우리 영감 병 얻어 염소 한 마리 고아 먹어야 낫는다네
그 염소 우리 집 부사리랑 바꾸지 않을라나
늙은 할망구 사정사정하더란다
"그럽시다"
개똥이놈 염소 주고 부사리 얻어 끌고 가다가
곰 잡아 메고 오는 사냥꾼을 만났더란다

77

이보게 총각 우리 집에는 밭갈이할 부사리가 소용이네
이 곰하고 바꾸지 않을라나
"그럽시다"
개똥이놈 부사리 주고 곰 얻어 장에 가는데
읍내 마을 부잣집 대문에 방이 한 장 붙었더란다

우리 집 외동딸이 몹쓸 병이 들었다
웅담 구해 오는 이의 소원을 들어 주리
개똥이놈 곰으로 그 집 딸 병이 낫고
개똥이놈 그 부잣집 사위가 되어
개똥이놈 대대손손 잘 먹고 잘살았더란다

좋은 노래

까욱 까욱 깍깍
나보다 목소리 크고 노래 잘하는 새는 없을걸
까마귀가 꾀꼬리에게 자랑을 했더래

그것도 노래니, 꼭 항아리 깨지는 소리 같다 애
꾀꼬리는 비아냥거리고
꾀꼬리오 고리오 꾀꼬리오 꼬르르
노래는 이렇게 부르는 거야 뽐냈더래

황새 할아버지께 물어 보자
까마귀와 꾀꼬리는 황새에게 갔더래
황새는 못박힌 듯 논 가운데 서서
나 지금 명상중이니 내일 오너라
내일 니네들 노래 들어 보고
누가 더 잘 하는지 가려 주마 했더래

그 날 밤 까마귀는 개구리 한 마리 잡아들고
황새를 찾아갔더래
할아버지, 예술은 개성이지요?
아무렴, 예쁘게 잘 다듬어졌다고 해서
다 좋은 예술이랄 수는 없지
황새는 개구리를 맛있게 먹으며 고개를 끄덕이더래

이튿날
꾀꼬리는 꼬꼬리 같은 목소리로 노래를 불렀어
꾀꼴꾀꼴 꾀꼴 꾀꼬리오 고리오 꾀꼴꾀꼴 꼬르르

황새는 눈을 지그시 감고
황새는 한 발 살포시 들어올리고
황새는 고개를 어깻죽지에 파묻고
황새는 조용히 노래 듣고는
무슨 노래가 그렇게 간지럽냐
퉁명스레 내쏘았더래

이번에는 까마귀가 목청을 가다듬고
까욱까욱 깍깍 깍깍깍 까욱 깍깍
소리소리 질러대더래

황새는 어깻죽지에 파묻었던 고개를 길게 빼고
그 소리 한번 걸쭉하구나
판소리 명창도 못 따르겠다
이렇게 한마디 내뱉고는
시끄러워 못 견디겠는지
큰 날개 쭉 펴서 날아가고

까마귀는 그것 보란 듯이
더 큰 소리를 질러대고

꾀꼬리는 억울해서 울었더래
그래서 꾀꼬리 소리는 울음인지 노래인지
알 수가 없어졌대

제 4 부

얼마나 많은 세월이 흘러야

풍 경

채송화 꽃밭에 나비 하늘하늘
우리 아기 아장아장 나비 잡으러 간다

넘어질 듯 넘어질 듯 나비 잡으러 간다

잡힐 듯 잡힐 듯
나비는 이 꽃에서 저 꽃으로 옮겨 날고

꽃밭에 저걸 어째 넘어진 우리 아기
콧잔등에 채송화 꽃잎 하나 붙이고

으앙
이슬 같은 눈물 눈썹에 달고
으앙
일어나서 아장아장 걸어온다

고 샅 길

새 형수 꽃가마 오고
할머니 꽃상여 간 길

돌담 너머 한눈팔던 앵두꽃
강아지똥 쇠똥 옆에 고꾸라져 있는 길
동네 아이들 꽁보리똥 밟히는 길

장마에는 지렁이 가고
가뭄에는 불개미 가고
아침에는 참새가 오고
저녁에는 시궁쥐 달려가고

석유 발동기 목도한 사내들이
땀 흘리며 탈곡하러 오고
수퇘지 엉덩이 회초리로 때리며
암내낸 암퇘지네 집으로 박과부 가고

오불꼬불 좁고 가늘게 드러누워
지까다비에 워커에 짓밟히는
밟을 테면 밟으라지 일어나지 않는
질경이풀 쇠씀꽂풀 올해도 돋아나는

고샅길은 닳지 않고
고샅길은 끊어지지 않고
동구나무 늙은 허리에
고샅길은 이 마을 꽁꽁 묶어 놓고

우리들의 질문서

우리가 다 쓰고 버린 볼펜은 모두 몇 자루쯤일까
그것을 한 줄로 이으면 하느님의 마음에 닿을 수 있을까
우리가 구겨 버린 원고지는 모두 몇 장쯤일까
그것을 다 쌓아올리면 하느님의 가슴에 닿을 수 있을까

눈물 가스와 인쇄 잉크 냄새와
꽃다운 우리 나이 스물하나와
깨진 보도 블럭과 찢어진 원고지와
낭만이 된 시위와 사랑이 된 구호와

정리되지 않은 우리들의 강의실에서
오와 열을 맞춰 밀려오는 활자들의 침묵이여
너와 나와, 우리들의 눈동자인 증언들이여
접으면 손 안에 들고 펴면 책상을 덮는 한 장의
종이 위에 모인 눈망울들의, 타고 남은 숯이여
저 희디흰 행간 속으로 실종해 버린
아아, 우리들의 은어여

빨간 볼펜으로 우리가 색출해 낸 건
오자가 아니라 오염된 진리였다
뒤틀린 문장이 아니라 수식 많은 민주주의였다
삭제가 아니라 유보된 자유였다

생각이 고갈된 볼펜을 버리고
우리는 다시 가슴 가득 하고픈 말을 담은
새 볼펜을 쥐고 새 원고지 위에 쓴다
유서를 쓰듯 스물한 번째의 질문서를 써야 한다
진리는 철사처럼 구부릴 수 있는 것?인?가?
펜은? 정말? 칼보다? 강?한?가?

수유리에 심어 둔 꽃씨

해마다 사월 이맘때면 꽃씨를 묻는다
굳은 땅 뒤집으며 혁명을 생각하고
흙 속에 꽃씨를 묻어 놓고 생각한다
온갖 꽃 어우러져 필 민주주의 생각한다

올해도 사월이 와서 꽃씨를 묻는다
백일홍 피라고 채송화 피라고
봉숭아 피라고 맨드라미 피라고
피라고 피라고 피라고……

젊은 피도 선연하게 절정에서 핀
그 꽃을 우리는 자유라고 불렀던가
수유리에 묻어 둔 젊은 이름들이여

꽃씨는 왜 모두 까만 것일까
죽음 같은 암흑 같은 절망 같은
우리들의 오늘 같은 모습뿐일까
최루가스 마시고 본 하늘 같은 것일까
점퍼 입은 사람들의 눈빛 같은 것일까

황사 바람 눈 못 뜨게 어지러운 날
사월은 눈감고 또 찾아와

우리들 가슴 속에 스며들어서
시멘트 속에 갇힌 돌멩이 되고
보슬비에 젖은 함성이 되어

깊은 잠에 빠진 수유리의 꽃씨를
깨우려는 것일까 해마다 깨워도
아아 이 부질없는 사월의 시행착오여

잡초만 깨어나 부질없는 권력처럼
바람에 눕고 바람에 춤추는데
그 해 사월 우리가 수유리에 묻어 둔 꽃씨는
어째서 아직도 싹틔우지 못할까

얼마나 많은 세월이 흘러야

얼마나 많은 세월이 흘러야
꽃들은 피기를 포기할 것인가

얼마나 많은 살별이 흘러야
하늘은 비어 다만 하늘로 남을 것인가

얼마나 많은 바람이 불어야
풀잎은 일어서길 포기할 것인가

얼마나 큰 손아귀로 죄어야
우리의 목은 부러질 것인가
파랗게 질려 아무 소리도 못 지를 것인가

얼마나 많이 참아야
꽃은 피면서도 신음 한 번 못 내며
얼마나 이를 악물었기에
입술이 터져 꽃은 피 저리 흘리며

얼마나 가슴 터지기에
지면서도 꽃은 미소를 띨 수 있는가

밤 비

밤중에 밤중에 비가 오는데
캄캄하다 캄캄해서 헛발디뎌서
아득한 나락으로 떨어지는데

새벽까지 새벽까지 비가 오는데
나뭇잎 풀이파리 좋아 죽는 소리
소리로만 오는 비 뼛속까지 적시는데

호올로가 좋아라 깨어 있어서 좋아라
뇌성도 번개도 깨어 있어서 좋아라
밤중에 한밤중에 비가 오는데

춤 I

버려야 할 것이 미움말고 또 있으리
사랑도 버리고 그리움도 버리라네
꽃은 꽃이고자 향기마저 버리더니
몸마저 조각조각 마침내 버리라네

먼지 하나 한숨 하나 눈웃음 하나
남겨 둘 것 어찌하여 그림자뿐이리

핏줄 속엔 이슬이 돌돌 구르고
가슴 속엔 우주 끝 바람 부는데

후여후여 그리하여 내 전생까지도
후여후여 그리하여 내 나이까지도

후여후여 그리하여 마침내 후여

춤 2

나 오늘 그림자도 벗어 버리고
어얼싸 아지랑이로 솟아오르리
종달이도 소리로만 솟아오르리

깃털 하나보다 달빛 한 올보다
가볍게 가볍게 우주 여행 가듯
몸뚱이는 버리고 넋으로만 오르리

나 오늘 너희 아픔 대신 지고
마음 속 고름까지 대신 곪아
어얼싸 고름 터지듯 비명 터지듯
광속보다 빠르게 솟아오르리

어얼싸 그리하여 무중력 속으로
어얼싸 그리하여 그대 꿈길 밖으로

어얼싸 그리하여 마침내 어얼싸

내가 사는 집

내가 사는 집은 유령의 집
기왓장 밑에는 구렁이가 살고
벽을 기어 오르는 지네의 발이
우리의 비명 사이를 빠져 달아나고

내가 사는 집은 유령의 집
구석마다 거미줄에 걸려 죽는 건
자유의 날개 꿈의 별빛 사랑의 노래
새벽조차 발이 걸려 오지 못하고

내가 사는 집은 유령의 집
최루 가스 안개 속에 수몰되는 집
눈물의 호우 속에 수몰되는 집
가시울타리 안에 갇혀 있는 집

고문당해 죽은 귀신 나오는 집
행방불명된 젊은이들 모이는 집
온몸에 불붙은 귀신 뒹구는 집
우리들이 사는 집은 유령의 집

지구의 저 쪽

지구의 저 쪽에서 부는 바람은
지구의 이 쪽에서 흙먼지 날리고
파도를 뒤집고 나무뿌리 뽑고
구름을 갈갈이 찢어 저승 하늘에 흩뿌리고
우리의 꿈길에서 가랑잎을 몰고

지구의 저편에서 이는 구름은
새털구름으로 오다가 양털구름으로 오다가
뭉개구름으로 오다가
먹장구름으로 와서는 억수비 쏟고
우리의 꿈길에서 민들레꽃씨 날리고

지구의 저 쪽에서 오는 사람은
울지 않고 항복하지 않고
총쏘지 않고 숨지 않고
끝끝내 끝끝내 굴복하지 않고
우리의 꿈길에서 돌부리에 넘어지고

묘목 앞에서

오늘이 오기를 오늘이 오기를
얼마나 기다렸던가
예식장 계약 끝낸 처녀의 마음처럼
조금은 두렵고 조금은 심란한
가지를 드러내 놓고
지나가는 사람들의 시선 앞에서
아직 알몸인 것이 부끄럽고
역성들어 주어야 할 햇살이
아직 오슬오슬 춥다는 것이 서운하다
누가 저 꾀벗은 어린 것들의 손을
잡아 줄 것인가
이른 봄날
잿빛 도심의 모퉁이에 나타날
예수는 없는가

여름 부두

인부들은
한여름의 뙤약볕을 메고 비틀거렸다

우레가 먼데 홑섬을 가라앉히고
갈매기 몇 마리 띄워 놓는다

돛대 끝에 핀 해바라기의 꿈을
일상의 갑판 위에 쌓아 놓는다

쓰르라미 소리는 이물에서 사라지고
채송화가 채송화가 갑판을 덮는다

그대의 부탁은 항상 팔할쯤만의 선적
아침 커피잔의 실습과 당부

이 저녁 또 하루를 어깨에 메고
그대의 배에 오른다

작은 파도가 이어도를 덮치고
우리는 모두 옆으로 누워 잔다

콩나물에 관한 추억

비행기가 뭉게구름 속으로 들어갔다
우리는 눈썹에 손바닥 얹고
콩밭에 앉아 비행기를 찾았다
저것은 호주기야
반동 지주네 막네가 우겼다
아냐 삐이십구야
빨갱이 여맹 위원장네 셋째가 우겼다
우리들 가슴 속에서 쌕쌕이 날고
주먹질 발길질 기총소사 쏟아지고
백병전 벌어지고
죄없는 콩밭 짓이겨지고
그만둬라 그만둬라 산까치 소리에 정신이 들어
옷 털고 씨익 웃고 어깨동무하고
여치 울음 자지러지는 시오리 하교길
우리 수수께끼 할까
머리는 두 개 몸뚱이는 하나인 것이 뭐게?
어깨동무한 우리 그림자 자꾸자꾸 자라
개오릿들 가로질러 우리 마음보다 바빠
마을 앞에 가 있었다
멀건 콩나물죽 한 사발이 기다리는
우리 집 툇마루에 가 있었다

1950년 여름 장산도 개구리

장산도 개구리들은
장산도가 파도에게 왼쪽 뺨을 맞으면
오른쪽 뺨까지 내밀고 있는 걸 보면서
운다

장산도는 개구리떼 울음 위에 떠서
흔들리며 여름 내내 멀미를 앓고
개펄에 엎드려 쉬고 있는 소금배 위를
삐이십구 그림자가 지나갈 때도

장산도 개구리들은
장산도가 장산도 사람들을 싣고
목포로 갈까 제주로 갈까
망설이고 있는 것을 보고
운다

떼과부 한숨 소리에 보릿골 쓰러지고
애비 없는 호로자식들 패싸움에
돌담 무너지는 걸 보면서
장산도 개구리들은 초저녁부터
이튿날 아침까지
운다

파 도

파도는 섬자락에 와서 부서지는 것이 아니라
내 가슴에 와서 부딪친다
수평선 너머로 사라지는 여객선의
기관 소리만 남아 파도를 타고
끌려 가던 아버지의 발소리
골목으로 사라지고
뒷담 뛰어넘던 삼촌의 발소리도
남아 떠돌며 가슴에 와서 밟힌다
파도 하나에 한 번씩 무너지는 나는
조개껍데기만 해졌다가 모래알만 해졌다가
물거품으로 사라질 것이다

장마가 지려나

어디선가 머언 우레 소리 들린다

장마가 지려나

비머금은 바람 한 줄기 지나간다

하느님 당신의 입김은 아닌지요

다시 머언 우레 소리

제 5 부

귀뚜라미와 나

고 모

그 날부터 고모는
우리 집에서 살았다

미친 듯 미친 듯 거멍이가 짖던 밤
어머니는 이불 속에 나를 파묻고
꼼짝 말고 있거라잉! 그러셨다

그 날부터 캄캄한 이불 속 같은 데서
꼼짝 말고 있으라면
꼼짝 않고 있으면서
오늘까지 살아 왔다

고모도 그러셨다
대숲 헤집고 지나는 바람에도
심심해서 달 보고 짖는
개 짖는 소리에도
심장을 두 손으로 누르며 살아 왔다

이불 속보다 더 답답할
무덤 속에 누워서도
고모는 자주자주 놀라시는지
잔디풀 파르르 떠는 걸 보았다

새끼를 꼬면서

새끼줄에 널린 건너마을 빨래가
이 겨울밤 내리는 눈송이로 보였다지
도가집 딸 순실이 바람난 이야기랑
파라치온 마셨다네 복기 영감 이야기로
꼬아 가는 겨울밤 마디 옹근 새끼는
우리 시름 대신해서 석유등잔 심지 탈 때
낫자루로 꺾여진 첫닭 울음 묶어 오네

눈 저리 푸짐헝께 풍년들랑가
풍년들어 뭣헌당가 똥값보다 헐할 텐디
그나저나 우리 할 일 땅 파 묵고 사는 일
이 새끼 꼬아설랑 보릿단도 묶고
이 새끼 칭칭 꼬아 가마니도 묶고
장에 내갈 도야지 주둥이도 묶어야제
우리 동네 늙은이 중 먼저 간 이 관도 묶고

고르고 실하게 새끼를 꼬네
묶음은 어쨌거나 구속하는 일
사죄하는 마음으로 두 손 마주 비벼서
용서하소 용서하소 흰눈 같은 마음으로
밤새워 손 비벼 새끼를 꼬네

볏짚 한 묶음이 한 낱씩 두 낱씩
한 타래 새끼줄로 이어지는 동안
끊어지지 않으려고 가늘게 이어진 것
끝에서 끝으로 가는 길은 하나뿐인 것
겨울밤에 갇혀서 우리네 살림살이
눈 속에 파묻혀서 파란 싹 돋는
보리들의 안부도 걱정하면서

쇠스랑 이야기

굳은 땅 뒤집어 씨뿌리듯이
맘잡고 살것다고 이 앙물었제잉

썩은 두엄 뒤집어 더 썩게 하듯
구린내나는 하루에 또 하루 보태 갔제잉

지는 해 바라보며 일손 잠시 놓고
지친 몸 쇠스랑에 기대 죽은 듯이 잤제잉

너 이놈 지주놈 친일파놈
쇠스랑으로 찍어 죽일 놈
눈 뒤집힌 사람들이 그를 에우고

쓰러진 육신 위에 뗏장 덮으며
다시는 일어나지 말드라고!
꼭꼭 밟아 다졌제잉

쇠스랑에 찍힌 흙 뒤집히듯이
세상도 이리저리 뒤집혔는갑드라

사람들 얼굴에다 주름살 만든
그 징그런 세월의 쇠스랑으로

끝없이 새 이랑 일구는 고집이여

맘잡고 살것다고……
맘잡고 살것다고……

푹푹 썩는 가슴이야 두엄더미에 쌓아 두고
구린내나는 하루에 또 하루 보태 가제잉

신기료 할아버지

걸어가시라 신발 해진 이 기워 신고
넘어야 할 고개 몇 개라도 넘으시라

아직은 아무도 이르지 못한 땅끝으로
거기 당신네들 발길이 헤맬지라도
땅끝까지 안심하고 걸어가시라

무딘 송곳, 밀 먹인 실, 허리 굽은 귀 큰 바늘
키 작은 구두못 여기 모두 모였으니
당신네들 안심하고 걸어가시라

떠돌며 십 년 주저앉아 십 년
굽은 등에 햇살받고 다시 몇 년 기약 없이
다리 부러진 돋보기로 지내 온 길 돌아보니
돌자갈 가시밭길 험하기도 하여라
이 세상 모든 신발이여 앞길 또한 그러하나
새 신보다 헌 신이 발 편한 줄 아시라

닳은 뒷굽 갈아 대고 터진 앞창 기워 신고
당신네들 갈 길로 걸어가시라

걸어가시라 개오릿들 건너 샛말 지나

두고 온 우리 동네 고샅길 꺾어 돌아
왼쪽으로 세 번째 집 머무를 곳 거기
못 가는 사정 아는 이 없어도 서운치 않으니

사과궤짝 위 낡은 구두 몇 켤레여
먼지와 해으름과 눈꼽과 잔기침과
그런 것 아랑곳말고 걸어가시라

빈 들

그대의 큰 손이 떨리는 걸 본다
가진 것 다 빼앗겨 버린
그대의 알몸에 내린 서리를
몸져 누운 그대를 본다
떠도는 몇 낱의 검부러기와
뒷짐지고 마을로 돌아가는 농부의 뒷모습을
달구지 자국에 언 살얼음을 본다
하늘 아래 아무것도 두지 않은 그 뜻을
그대여 누가 묻거든 그저 잠잠하라
남루마저 벗어 던진 사랑으로 이해하라
거대한 그림자 데리고 뒤덮어 오는
그대 목소리 떨림을 보나니
스스로 일어설 때까지 기다리게 하라
아직은 거기, 하늘도 보이지 않은 곳에서
풀이름 하나하나 기억하는 그대

콩 밭

보라색 콩꽃이 지고
밭둑은 그늘에 묻혀
호미 쥔 손으로 허리 두드리며
어머니는 집으로 돌아갔다

달빛 무게도 버거운지
가만히 몸 뒤치는 콩잎사귀
마을로 가는 길조차
몸사려 풀섶 뒤로 숨는다

아아 얼마나 오랜 세월이 흘러야
숨지 않고 사는 날들이 올까
콩밭으로 숨던 콩새여
머리채 잡혀 뽑혀진 바랭이풀이여

오늘도 아들의 소식은 없었다
내던지듯 호미 헛간에 버리고
거적에 주저앉아
자꾸만 떨어지던 콩꽃이 하늘 가득
다시 피는 걸 보다가
흙묻은 손등으로
콩알만한 눈물 하날 받아드시는 분

오래 된 일기

유랑 극단 따라
반도의 반 쪽 세 바퀴 돌고 오니
고아원 가는 길
탱자꽃 예처럼 흐드러졌는데
아우의 소식은 까마득하다

철조망 넘으며 일렀건만
아무 데도 가지 말고 여기서 기다리라고
어머니가 준 쌍가락지 한 짝씩
나누어 갖고

유랑 극단 따라
카수 안나 누나의 흐느낌 같은
색소폰 소리 같은 길을 걸어
가설 극장 천막 새로 보이는 별을 보며
아우야 너를
찾으러 가는 꿈도 꿀
잠자리가 없었다

너는 지금 어느 식당에서 그릇을 닦는지
얼음과자 아이스케키
발악하듯 사람 속 누비고 있는지

고아원 돌아오는 발길에
툭 채이는 검정 고무신 한 짝
혹 네가 버린 것은 아닐까?

이제 우리는 어디서 기다리잔
약속도 없이
외가락지 한 짝으로 굴러다닌다
탱자 울타리 돌아오면
더 아득한 아우의 모습

통일로 코스모스

너희들 여태 여기서 떠도느냐
작년에도 여기서 모가지만 늘이더니
한가위 아니라도 거닐고픈 그 거리
어째서 귀향 열차 남으로만 가느냐

파편 맞아 죽은 이는 빨강꽃으로
배고파 죽은 넋은 하양꽃으로
벼 익어 누런 들판 너희 논 버려 두고
여지껏 피난살이 끝나지 않았느냐
어째서 귀향 열차 남으로만 가느냐

이 길 따라 하루면 가고 남을 마을 두고
코스모스, 야위어 가는 슬픈 넋이여
해맑은 햇살 속 한가위 달빛 속
너희들 여태 여기서 떠도느냐
어째서 귀향 열차 남으로만 가느냐

갈대의 말

우리는 우리를 베지 않습니다
우리는 우리끼리 만나서 몸을 비빕니다
우리는 우리의 몸으로 철새들의 잠자리를 만들어 주고
우리는 우리의 어깨 위에 우리의 머리를 얹습니다
바람 불면 함께 흔들리고
서리 내리면 같이 희어지고
우리는 죽어도 쓰러지지 않고
우리는 죽어서도 우리끼리 삽니다
우리는 우리보다 더 커서 우리를 압도하는
우리의 이웃을 보지 못했습니다
그냥 우리는 우리이고 우리는 모두 똑같습니다
우리는 우리의 주검 속에서 새싹을 키우고
우리의 뿌리가 흙 속에서 엉켜 있는 것처럼
우리는 우리의 팔로 우리의 목과 허리를
껴안고 삽니다. 달빛 받아 섬뜩한
칼날 같은 잎사귀에 바람 찢기는 소리로도
우리는 결코 우리를 베지 않습니다

귀뚜라미와 나

너는 우네
숨어서 우네
지하실 어디
부엌 찬장 뒤
숨어서만 우네

가위눌린 잠 속에 더듬이 디밀고
밤새워 우는 이 꿈속에 더듬이 디밀고
무엇을 찾으려고 숨어서 우나

지난밤 불려 나가 돌아오지 않은 조카를
오염된 꿈과 숨어 버린 별자리를
바르르 떨며 스러져 간 살별을
기다리며 우네
너는 숨어서 우네

달빛은 더 밝고
이슬은 더 차다고
말라비틀어진 해바라기 아래서
국화가 핀다고
숨어서도 안다고
우는 귀뚜라미여

아아 울음소리로써만 우리는 하나이고
모든 사연 감춤으로써만
살아서 울 권리를 가진
귀뚜라미와
나

우리 옆집 그 여자

그리하여……
그 여자 순대장사 시작했지
먼지 바람 잘 날 없는 시장바닥에
그 여자, 내장 꺼내 도마 위에 올려 놓지

그리하여……
그 여자 기름때에 절어 갔지
손도, 앞치마도, 세월까지도
순대보다 시커멓게 타 버린 사랑마저
인제는 칼로 베도 아프지 않지

썰어서 팔아 버린 내장 길이는
어디까지 갈 것인가, 그 여자도 모르지
논둑처럼 꾸불텅, 밭둑처럼 꾸불텅
고향까지 갈 것인가, 저승까지 갈 것인가
밤중까지 돼지창자 까뒤집는 그 여자

돼지처럼 먹고 자고, 아무렇게나 살았지
사람들께 살점 모두 발라 내주고
인제는 창자까지 썰어서 파는
순대장사 벌인, 우리 옆집 그 여자
그리하여……
그 여자, 새벽마다 식칼 쓱쓱 갈지

마침내 겨울이 가려나 봐요

마침내 겨울이 가려나 봐요
어머니, 저 창을 열어도 좋겠지요
귀 잘린 나무 어깨 잘린 나무들이
조금씩 눈뜨고 조금씩 확인하는 게 무언지
저 창을 열고 보아도 좋겠지요

마침내 겨울이 가려나 봐요

무엇보다 더 큰 힘은 화해라는 걸
화해보다 더 큰 힘은 사랑이라는 걸
사랑보다 더 큰 힘은 자유라는 걸
개구리도 뛰어나와 바라보고
버들개지도 눈 비비며 바라보겠죠

마침내 겨울이 가려나 봐요

어젯밤엔 어머니, 어머니도 들으셨죠
얼음장 깨지는 소리 고드름 떨어지는 소리에
별자리가 흔들리고 꿩이 푸드등 날고
나는 도무지 잠들 수가 없었어요
깨달음 하나가 뾰족한 싹을 틔우나 봐요

마침내 겨울이 가려나 봐요

아무리 오래 아무리 깊이 묻으려 해도
자유는 변하지 않는 금과 같아서
캐내는 이에게 눈부신 빛을 준다고
침묵으로, 그래요 침묵으로, 끝없는 침묵으로
밤은 그렇게 겨울이랑 동행했던 것을
어머니 당신은 아시지요

마침내 겨울이 가려나 봐요

양지바른 곳 먼저 풀이파리 돋아나고
하늘 높은 곳 치솟아오른 종달이들이
그리도 많이 조잘거리고 싶었던 말은
햇살 속에 금가루로 뿌려질 겁니다
어머니, 이제 저 창을 열어도 좋겠지요

마침내 겨울이 가려나 봐요

강

강은 그런 것인지도 모른다
노하여 넘치면 사정없이 휩쓸고
주저앉아 마르면 가슴 바닥까지 내보이는
저자거리의 사람들일지도 모른다

그러나 아무리 말라도 강은
다시 흐를 자리 남겨 놓고
아무리 노해 날뛰어도
뿌리 약한 나무 몇 그루
반나마 기울어진 오막 몇 채
그밖엔 아무것도 어쩌지 못한다.

강은 얼마나 많은 누명을 써 왔던가
허리 잘려 둑이 쌓이고
가슴 바닥 더 깊이 파헤쳐지고
누운 채 정형 수술 받고 있는 강은
저자거리의 사람들일지도 모른다

저자거리의 사람들처럼

강은 죽어서 흐르는 강은
물고기 한 마리 기르지 못하고
철새도 찾아와 주지 않는 강은
괴로움 아는 누군가의 익사체 보듬고
배신의 세월 따라 흐를 밖에 없을지도 모른다

김창완 시집
나는 너에게 별 하나 주고 싶다

초판1쇄인쇄　2000년 1월 20일
초판1쇄발행　2000년 1월 25일

■

지은이 : 김창완
펴낸이 : 이준영
편　집 : 홍윤정
교　정 : 강화진
표　지 : 윤창율
조　판 : 태광문화사
인　쇄 : 남양인쇄
제　본 : 기성제책사
유　통 : 문화유통북스

판	권
본	사
소	유

■

펴낸곳 : 자유문고
서울 영등포구 당산동6가 121-73 영등빌딩 B동 401호
전화·2637-8988·676-9759(FAX)
등록·제2-93호(1979. 12. 31)

■

정가 5,000원　　ISBN 89-7030-991-8　03810
※잘못 만들어진 책은 구입하신 서점에서 바꿔드립니다.